U0463109

冬青

诗歌集 / 萧纬 著

序 言

万物入诗

李龙吟

有人说："美是发现。"

有人说："美是生活。"

有人说："美是心灵。"

如果美是生活，也就是生活中处处皆美。那么为什么有的人能看到生活中的美，有的人看不到生活中的美呢？

看到美的人，心里得有美，心里有美，才能有一双发现美的眼睛，有了一双发现美的眼睛，生活则处处皆美。

"生活处处有美，万物皆能入诗"，这是我读了萧纬的诗的感受。

萧纬和我是第二炮兵文工团的战友，她在乐队，弹琵琶，师承中国琵琶大师刘德海。我在话剧队当演员。

后来，萧纬去了沈阳音乐学院学习音乐文学，我们就很少交往了。我知道她写了一些电影、电视剧和舞台作品。

一位我们共同的战友、好朋友告诉我："萧纬会写诗。"我听了有点愕，因为我一直以为她是搞音乐的。

我不懂诗，因为从事戏剧，免不得要接触朗诵，接触诗，分析诗。

我知道"诗中有画""诗抒情""诗言志"。

中国古诗，非常讲究画面、抒情和言志。触景生情，由情明志，才是好诗。

比如中国古诗中的绝句，前两句写景，后两句抒情或言志。

《登鹳雀楼》唐·王之涣

白日依山尽，

黄河入海流。

欲穷千里目，

更上一层楼。

前两句写眼睛看到的景观，后两句写心中的情怀。

《题西林壁》宋·苏轼

横看成岭侧成峰，

远近高低各不同。

不识庐山真面目，

只缘身在此山中。

前两句是现象，后两句是哲理。

新诗不这样讲究，想写什么写什么，也能成为绝句。

"卑鄙是卑鄙者的通行证

高尚是高尚者的墓志铭"（北岛）

直截了当，也是诗。

"面朝大海，春暖花开"（海子）

胸怀广大，满眼皆花。

萧纬送给我一本她的诗集《红枫树下》，我随手翻翻，竟然惊呆了。

萧纬写的是新诗，自由体，风景、抒情、哲理融为一体。

《红枫树下》（节选）

没有一片无憾

而没有一片不在燃烧

以火的形式诀别这个世界

让秋打印滚烫的记忆。

萧纬看到了红叶，她认为红叶没有遗憾，因为红叶如同燃烧了自己，给这个世界留下了美。

这是在写红枫树？有形象，有色彩，有温度，有感情，有哲理。

《天空蓝》（节选）

我含着泪花景仰这

如此如此的湛蓝

深深地由衷感叹

你以承受一场极端劫难

与昨天那场狂风 暴雨 阴霾 雷电

做了痛苦交易

以你清澈美丽的脸

蓝蓝的天空，居然让诗人流泪，诗人景仰蓝天，因为她想到昨天的狂风暴雨阴霾雷电，她感叹晴天的不容易，经过痛苦才达到美丽。

《在路上》

总想歇息

可行囊装满卸不去的向往

于是，我丢弃所有背负

可两足却失控般开始张狂

终于弄懂是路的错

那些无限生长的诱惑

让一生永远在路上

在路上，累了，可是歇不住，因为诗来了，诗人感叹人生没有尽头，因为路上永远有诱惑。不是自己有诱惑，在路在诱惑我。这是幽默，也是哲理。

萧纬的诗，清新、易读，好像随手拈来。眼睛看到什么，诗就从心里出来了，脑子想到什么，诗就从笔下流到纸上。然而细读，眼中有景，心中有情，脑中有理。

诗人，要有一双发现美的眼睛，首先是有一颗能感受美的心灵，还要有从美中感受人生道理的思维。从萧纬平淡、安静的诗句中，我感受到萧纬纯净而深邃的心境。

我也算喜爱诗的人，也时常注意一些报纸杂志发表的诗，我奇怪：怎么没看到过萧纬写得这么好的诗在报纸杂志上发表？

萧纬说：我写诗是自己想写，没想发表。

我问：那写它干吗？

萧纬说：就是想写，不干吗。

我顿悟：没有功利，诗才这样干净。

我也算认识几位诗人，老一代的诗人如艾青、贺敬之，同龄诗人如北岛、林莽、马高明，他们都是著名诗人，写下过著名的诗篇。但是，正因为他们是名人，他们的诗或多或少都受名人所累。

萧纬写了诗就自己收起来，很少发表。隔几年，她会出一本秀气的诗集，主要是送好朋友。

又是战友好友告诉我："萧纬又要出诗集了。"

我说："好啊！我又喜欢看她的诗。"

她又说："她想请你写序。"

我瞬间凝固。

我觉得我不够格儿。

萧纬把即将出版的新诗集《冬青》电子版发给我。

我看了，准确说学习了，我觉得：我要是不写这个序，对不起我对这些诗的喜爱。

萧纬还是看到什么都能产生灵感，看到什么都能写出诗。

《走》

船，载着人远去
想去的都争着去了

水，有深有浅
坎，有近有远

上了船的都是船客
上不去的都是看客

过得去的不一定靠那个彼岸

过不去的却有此岸

船总是船

岸不一定是岸

可水一定知道

哪里是尽头的边缘

我不知道萧纬在"走"的时候怎么会想得这么有诗意有哲理。这是写走，也想到留，走的人不一定能到，没走的人为什么还想走？走到哪儿去呢？只有水知道走到哪儿，人其实不知道。

我想起了爱尔兰剧作家塞缪尔·贝克特的剧作《等待戈多》。戈多是谁？戈多什么时候来？戈多来不来？等待的人不知道，但是，他们就一直等待。人生最后是不是都有自己一生追求的东西没有得到？是！

有一首诗叫《听落叶》，内容我就不引用了，一个"听"字多有诗意，没有看落叶，而是听落叶，听到了什么？你得看看萧纬是怎么写的。

还有一首：

《静中见》

水，静到底见了沙

山，静到底擎天下

心的静底是怎样的？

我一遍遍翻找

寻觅的烟尘至今未净化

第一句，写水静的美，第二句，写山静的大，后面三句写心静的不可捉摸。这是诗人的思维，诗人的情感，诗人的胸怀。

萧纬的诗集《冬青》中有许多这样的诗。美而静，静而深，深而远，越回味越有味儿。

写诗的人，一定热爱生活。光是热爱生活可能还写不出诗。

写诗的人，一定在感悟生活，感悟生活，才能有感而发。有感不一定能写出诗来，诗有诗的规则。

诗是文学，诗是最简要的文学，简要不是直白。诗要讲究"赋、比、兴"，"赋"就是写什么要有画面感，有形有象；"比"就是看着是写"此"，其实是写"彼"，"兴"就是由"此"到"彼"引出一段感慨或者哲理。

萧纬的诗集里有一首：

《真美之鉴》

过季而依然怒放的花

抖落一身晨光

以成熟的样子魅力弥散

有花而不花，有自留的憾

有香而不香，是自弃的缘

怎样才是不输时宜

真美呵

从不选择时间

写的是花，很明确是过季的花，但是还在开放。难道你不会想到人？成熟的人"有花而不花"真是绝句。真美的女人"不花不香"，其实是"长花长香"。真是好诗，"赋比兴"完美。

诗，还讲韵，无韵不成诗。

萧纬从小学习音乐，又在沈阳音乐学院深造音乐文学。她的诗，长短句自如，音韵感极好，读起来舒缓，流畅。

《看戏》

风清洗乌云那天

收好的翅膀都在密林避险

该留的留了，该散的散

摇摆完的枝头一如从前

一场好戏我记住了什么

编剧早已分好青脸红脸

可枕上我还在想

要不要同意那些表演

"先天韵"自如，音乐感极强，每句亮音字结尾，好读好听。

我是搞戏剧的，我看了萧纬的诗，感到羞愧。萧纬用诗的语言，把看戏的本质写得清楚——"观众是来看表演的"，在演出中，体会剧本已经不重要，让观众欣赏精彩的表演艺术才是戏剧存在的意义。

萧纬是女人，女人细腻、敏感、执着。女人认准了干一件事，会干得出类拔萃。

萧纬是个女诗人。看萧纬的诗，让我想起两个女诗人，一个是900多年前大宋国的李清照，一个是200多年前大英帝国的勃朗宁夫人。

李清照是大宋国最有名气的女诗人，她写的是格律诗词，非常讲究，她能触景生情，也是看到什么写什么，写得委婉清丽或者惊天动地。

看见刮风下雨，李清照写出：

《如梦令 昨夜雨疏风骤》

昨夜雨疏风骤，浓睡不消残酒。试问卷帘人，却道海棠依旧。知否，知否？应是绿肥红瘦。

这是女人特有的眼睛，这是女人特有的感受。男人真是写不出来。

勃朗宁夫人写的是欧洲十四行诗，十四行诗也有严格的格律，勃朗宁夫人写得无限的惆怅，仅举一首：

当金黄的太阳升起来，第一次照上

你爱的盟约，我就预期着明月

来解除那情结、系得太早太急。

我只怕爱得容易、就容易失望，

引起悔心。再回顾我自己，我哪像

让你爱慕的人！——却像一具哑涩

破损的弦琴、配不上你那么清澈

美妙的歌声！而这琴，匆忙里给用上，

一发出沙沙的音，就给恼恨地

扔下。我这么说，并不曾亏待

自己，可是我冤了你。在乐圣的

手里，一张破琴也可以流出完美

和谐的韵律；而凭一张弓，真诚的

灵魂，可以在勒索、也同时在溺爱。

我之所以想到这两位中外女诗人，是因为我想到他们写诗也是没有功利，写诗不为流量，不为出名，不为获奖。心中有诗，万物可写，不写难受，因此有了好诗。

萧纬和她们异曲同工，这在今天，很难得。

突然想起，我本是没有资格写这个序的，就此打住。

希望读者不要因为我的胡说八道，影响读萧纬诗的兴趣。

请打开诗集的正文，你一定会读下去，展开你想象的翅膀，你会在萧纬的诗中飞翔。

2024 年 2 月 11 日（甲辰正月初二）

21：58 于北京太阳宫村

李龙吟，曾任第二炮兵文工团话剧队演员，北京市朝阳区文化局局长，北京演艺集团副总经理。中国戏剧家协会理事，北京戏剧家协会副主席，中国戏剧文学学会副会长。创作话剧十余部，其中《寻找春柳社》获第十届中国戏剧节（2007 年）优秀编剧奖。《杨三姐与陈小二》获得第八届全国戏剧文化奖编剧金奖（2013 年）。《金色的胡杨》获第七届全国少数民族文艺汇演剧目创新奖（2021 年）。

目 录

一
辑

油画作品　萧纬

遇见夕阳

当我坐在夕照下找寻温馨，才知道
我离你不远。尽管这片嫣红，
你已如常，我正新鲜。
这份化不开的色系有多浓，
你无法回答时，
隐触我，
一个感应。

那些绿色细雨，灰色尘烟的过往，
一幅幅慢慢卷轴，
当着我，收起了
我的画面。

其实，失去这些又何妨，
眼前宁静而恢宏的夕色入来，
我又将尽情设计，下一个
得意春天。

形态

谁把风引来揭开了夏的纱幕

该清楚的都已清楚

那枚昨夜哭泣的花蕾

已后悔过早的泪

柔心碎在突如的风中

香馨难纯粹

什么主见让人最犹豫时不犹豫

一个拯救的冲刺秒间成立

风以最柔的力度完成最刚的欲念

我们永远学不会像风那样行走

着色

认真地素描着一日日

忘了色泽

忘了斑斓

悲剧般失落一个春天

我沿着一根灰纯的归线

找回夜茫然的那个起点

正是这黑白纠结

遮蔽了收纳光彩的眼

深沉的夜是深沉的底色

黎明须在这底色上穿行

我恰醒在渐变这一刻

瞳孔，不再淡然

利器

这世上还有什么比牙齿更锋的利器

它可以千万次咬碎难关

你却向别处讨神法

为了活下去

天下何物能逃过一张一合的威慑

日与夜合吞峰肌与海骨

也细细咀嚼过人类

一切都那么不尽如人意地适情合理

蝼蚁精磨了一粒硬壳稻谷

成功躲过奄奄一息，其实

我们一样是在柔软上生出齿时

即有了适生工具

夜云

阳光月光，昼与夜

都没能改变净空之云的颜色

无论花团锦簇，无论倒海排山

都以它独绝之洁漂泊

以足够的姿态安逸安然

最魅是夜云

我恼且憾被忽略的从前

黑幕上游弋着的多像思念

因眷顾而停顿

别去是永远

黑暗中我清晰又认真地看懂

真色无染

哨

有多少开始已在开始前消亡

岁月慌张地让每一种期盼

染上些不期渺茫

出发，只是一个卡在时间上的号令

之前都是紧张而激动的冥想

青春的口诀与梦默契了太多次

长长短短地一次次放浪

山那边可以是山

水这里怎不可以远递潮汐

太阳再高也会放低温度

星光的冷却无法测量

每一本书都不负责指南

整个世界都不是桌上图纸的模样

再也回不到的那个十字路口

那里，我曾经丢失了一个哨

只期待捡拾人

能再次把它吹响

那回声嘹亮的一面

正是青春未能识别的方向

狩

你狩猎也狩渔
疆域辽阔岸无堤
我只一份幽静
安狩花开四季

雕刻好的时光
在日出日落间悄然生息
无花果不早不晚有了甜蜜
鸟儿，一季季在密林作曲

是时候该去山那边看看了
这世界又能多大
除了方圆　和
方圆下的人间用语

可为什么仍有那么多

那么多的，舍不去的不去

……

其实

风过后

一切，所有，全部

宁静归一

草意

秋走了

不愿追随的还真不少

叶有叶的主意，草有草的宣章

这片痴绿仍没有降色的意思

无论花是否已附庸了风雅

衬底的角色不慌不忙

芳草情长

我不会问耐得低处之低　而

有没有华丽遥想

因为我看见

送秋送得最远

迎春迎得最早的这不变之绿

单调仍单纯

原意仍原样

想　想　想　想

云在云上做朵

雨在雨下成河

什么和什么

总那么轻易引人揣摩

冷清又冷清的广场

我让自己做了唯一的影子

随风在那里晃　晃晃　晃

下午反复了上午

一整天都给了无厘头的杂思乱章

这世界没有比时间更具威慑的东西

老人与海

不如孩子与桨

越是最后越是醒的

越醒越慌张

我疾步丢下这摊空旷

混进夜幕的热闹

有一处已留给童话上演

我想试试那个灰姑娘

新风

春究竟是缠绵的
像一段难以销魂的过往
总在温情缝隙间游移
总不舍一个去

新风吹来的早上
苦情的少了
多情的不多
最容易忘记的是种花
情书已不在花间留笔
春日还需要诗吗？

理辩

连死都有了神的时候

还有什么不仙吗

崇什么都应该

可蔑什么呢

风正团围在窗口窃私

我愿敞窗被抽打个彻底

让它看清所有底细

当你不争道理时

道理争你

因为已被吹裸的本真

将是一切又一切的

不言而喻

硬道理

没有谎言的森林

把葱茏葳蕤和腐朽都摊在四季

所有读本的符号

任你标注

我踩踏着一串千年印迹

不知这厚厚的碎屑

是哪棵参天雄干　或

哪条不幸幼枝的身体

有些颤抖的足步移不开时间设计

我重复着万千目光审视过的话题

生命到底是怎样一回事

一朵蘑菇正对一棵巨树讲哲系

采摘师认真介绍了一些
可食不可食的植物
草本木本比比皆是
森林养活着这个世界

无论如何我明白了些吃的学说
我的身体被喂养
也须做喂养
这是生命的一个硬道理

走

船，载着人远去
想去的都争着去了

水，有深有浅
坎，有近有远

上了船的都是船客
上不去的都是看客

过得去的不一定靠那个彼岸
过不去的却有此岸

船总是船
岸不一定是岸

可水一定知道
哪里是尽头的边缘

寿思一下

到后来
吃饭睡觉即可封造荣耀的
这世上无敌独创的
生辰年龄
已无需与谁商量与谁较量
只要与时间交好
即成就那个
人无你有的妙寿
简单而真实地
与自己世交
存在，只为完成吃饭睡觉
吃饭睡觉，只为创造存在
活着，还需要经过一场
轰轰烈烈沸沸扬扬的　关于
活着意义的激烈探讨吗？

慷慨

夜

一如既往地宁静

梦

一如既往地虚空

太多的寄望在夜空坠落

漂浮是所有生灵的归途

那时

不再占有一束光

哪怕一袭剪影

那时

不再借用一丝风

哪怕一身躁动

就是那时

才不再抱怨迟来的晨曦

不再憾叹夕色朦胧

不再贪恋分秒的长短

也不会再扰你　和

你的梦

我

正与宁静分享从未有过的悠然

情

正在空灵的诗句间纷纷萌生……

如我不曾来过这世界

或如我来之前虚幻的灵动

走迷宫

那时脚步率真而生动

独钟千回百转的困兽之城

啸天蔑地不屑阴晴

蜂拥着各种始作俑

南墙比道理硬时

痛可以留给石头

青春

只负责开发迷宫

夕晖重叠着向晚的身影

踏过暗道机关的愚步起死又回生

壁垒阵仗仍刁钻迷幻

兜兜转转却有行有程

脚迹比金句长时

步步澄明

放足

已深谙迷宫

听落叶

那些无声的催眠

在山谷流淌着惯用语

一片熟悉的叶子

把去秋未读完的那句接续

依然孤寂独韵

依然旋转飘逸

它为秋证实的一切

都在无声中藏匿

无论梦怎样保留了昨夜神秘

也无论

醒觉里有多少预期

出 口

后悔得啰啰嗦嗦
之后，还是找不到出口
可除了你还能是谁
我主宰了我，我放弃了我
我又可怜地原谅了我

昨日拖走最后的夏色
一片叶子舞且疯旋
肯定地携着使命
结束与开始一样从容
其间由快乐平衡

很多时候不如那早弃的叶子
它的机遇是，一双眼睛
幸运地让它落入镜头，之后
时间反复着它的长久，和
长长久久

趁早吧

雪上雪追赶过来
向雪下雪投怀送抱
情，都在其中

总会有些欢喜不期而遇
擦肩的贪婪
在恍惚中成型
冰冷与清醒不是两件套
爱上冬，不是冷静的刚需
我一次次走进大雪纷飞
只为赶一场寂静的热闹
但我还是认真整理了一下性情
要懂这世界
比趁早还要更趁早

弱果

我只有弱果一颗

可不能说不是这一季的收获

酸了甜了风都在催促

味道有味道的理由

你不问，我何说

你问，我怎说

四野落下犹豫的帷幕

雁阵切切衔去秋的组歌

关于秋凉，关于春媚

冬早已备好了洁白的纸

可我真的没想好

是否用那血样的果汁印上点什么

搭配着那仁芯的纯色

我久久痴痴私下苦想

那是果

还是不果……

睡事醒事

这么好的夜
怎舍得让睡占有
梦已多余，何况
无梦赖在悠光里
如此空白了窗外故事，和
关键金句

醒，总是醒不了懵懂麻木
一切即将从头来过
喋喋琐事哪件能略去？
谁活谁知道，这一生
就是以款款小事混生生不息
无论谁说，怎么说，说什么
都挡不住活起来的至理
如想节约起自清晨的一切
包括醒
便可，以不睡的名义
向永恒讨一份福利
睡觉麻烦
觉不睡麻烦到底
由此，再不敢妄论
睡事醒事话题

白色舒语

纯度太高

海蜀葡在这里只能做凭据

让你的无瑕更准确

更细腻

米克诺斯岛醒来时

这联袂的一层层白色小屋

让今晨无法再以形容词落笔

为这画面去做一个传递

其实，很有必要的是

让风把这些来龙去脉吹向更远

也有必要

把第一位在这海天间嵌上不冷不暖

不深不浅的始作俑唤来

打探他的幻创之谜

白而不白，浅而不浅

在这最丰盈最饱满的色调里

我看到，一对

扑打着希腊风飞来的羽翼

休止符功能

风推了推正在发呆的水

水即述说起满腹心思

皱起的愁绪

层层不休

风听懂了

好来好走

懂我的风从不来

来了的都不懂

我不忧不郁

我知道

一个学不会发呆的海

有足够难以静止的理由

探初

天晴了

不知是从低沉的哪一角

撕开阴霾

我看到了那束

从不隐晦，从不卑微的

勇敢的光

即使天下大白

天空湛蓝得如此张扬

我仍执念

何处是启晴初始的一方

静中见

水，静到底见了沙
山，静到底擎天下

心的静底是怎样的？
我一遍遍翻找
寻觅的烟尘至今未净化

空头支票

做了一款

想不算都不行的空头支票

从昨天到此刻

怎么都无法标注收落款

像这来自莫属处的秋风

挟裹着凄凄切切那天

谁也道不明这是谁的日子

又去为谁填几许慌乱

在我踏入深秋时

街角的叶子们争相旋转

我用目光围堵过去

在每片叶子上留言

精书了笺头，更反复重叠

绿缘　绿缘　绿缘　绿缘……

可还来不及掏出我的名字

撒欢的叶子们

丢下我和它们的以往

不辞亦不见

宿命

终是个诱惑

在西垂的时光线上

放了一把火

熊熊燃烧后的灰烬

飞溅出耀眼的花

夜，正在我们眼睛里

布局一场浩瀚的星空之歌

我们各自领了席位

先后落座

我不知邻里的宿命

你又怎知我

可我们都信了

在互睹的那一刻

夜，已设计好长短

设计好的还有那番欲火

所有人都疯狂起舞

所以，所有的碰撞必然发生

发生在同一个银河

距 离

测完的全知道，

尺无计。

世上最遥远的距离，

同枕两眠各东西，

一厢逢春梦，

一厢浸冬雨。

来与不来

风会来，雨会来
你呢
我的世界我等待

你是我的你
我不是你的我吗？
无论世上有否一个你存在
也无论是否有我这一来
我把笃信放上日子的平台
晒了又晒，晒了又晒
让阳光把一个认定永远焙干
你我或真或幻，或隐或现
来是缘，不来也是缘
等待的世界完整在来与不来

风会来，雨会来
你也一样
我的世界我等待

古井

它活着，只为

映出一张张像样的容颜

你去是你

我来是我的

几生几世的苦甜咸涩

早已不算什么

眼下，只陪喜怒哀乐反射

这被时间丢在深处的水

无力再歌

朽苔雕好了竖版愁卷

生息随便斑驳

尽管一味风尘动辄波澜万千

它不动声色永远噙着这口水

死活死活地活着

只与不枯

在低处守着

……

弃了活着的初愿　更了

活着的精哲

一个人如果也这样

我不免担心

因这世上有太多能填满深邃的

无限学说

自成体系

这丛蓬蒿

秋前一直在门前招摇

冷雨后愈发兴浓调高

一绿到底的设计

在每一缕晨曦

仍持以春的得意

夕晖，也就此多领风骚

我制约了双手

留情留德

灭绝了拔除意念

让目光在这无意之处涌潮

我命名这簇自成体系

一定叫

青春不老

分量

轻轻　　轻不过风
浓浓　　浓不过风

轻轻那些，入了堤
划动了醒水
浓浓那些，染了春
凝重了淡世

行色匆匆的人眉眼低
常常哀寒叹暖重噱事
懂季候的不出手
不惊不觉河边看柳
满城满世，都
悟不到的那个分量
多像你走过我寂寞那日
比风更务实

老屋售

你老了

满满的英伦范儿

那样雍雅，那样矜持

深沉得像一个人

以向时间讨来的资格

站在那里点拨风尘

一个花花绿绿的招牌

不停带来一番又一番打量

出卖你的主意

来自拥有你七十多年的老主家

他不情愿也只能

带去离泪和帕金森

被掏空的那一刻终会来临

老屋，这个老克拉

挺着沉稳的巴洛克雍容

在新秋里依旧趣满情真

与欢在花园那些不知内里的娇朵们
互萌互倾

但愿这高配还会被认定
可谁都知道，在这调系多变的纷繁里
一切都由扑朔迷离主张
过往，由风清场
如果没有让你满意的身价
那就期盼你喜欢也喜欢你的接盘他

我加快脚步背身这老屋
我知道，它的远虑近忧
已随秋风
灌入那关闭很紧的门

2023 年夏 温哥华

主题

在失落地

捡回一个自己

所有的哀怨怎能改变一场

时间看好的游戏

早晚的寂暗很容易混淆

来时的路也容易忘记

春夏不停设计温情

秋冬都裸尽寒意

你知道的已经不少

可未知的在多得多里暗藏杀机

昨天，在昨天结束前的最后一秒

留下的是一个故事序言：

本片不演绎他人主题

并不孤独

就算这是一条

你未曾踏过的小路

可我知道，这里也有你

正在寻觅的领悟

我们的寂寞从不来自寂寞

凄楚不来自凄楚

可脚下同寻着这样一条

蜿蜒而无需直坦

清疏而不求繁茂之路

只因那里没有多余的声线

也不会突兀闯来季节外的莽鲁

你不曾寻到这里

我无法递去快意情愫

可我深知，走在这里

我并不孤独

真美之鉴

过季而依然怒放的花

抖落一身晨光

以成熟的样子魅力弥散

有花而不花，是自留的憾

有香而不香，是自弃的缘

怎样才是不输时宜

真美呵

从不选择时间

云永远说不过雨

远远地，听到一些不甘寂寞的叹息
匆匆地，灌耳一些无法躲去的突袭

看得见的，这一团团缠绕的焦虑
看不见的，那一层层莫测的悬疑

分明都知道这是一种怎样的较量
我们却只能仰视而无语

但谁都清楚
云永远说不过雨

油画　萧纬

《恰时》

我悄悄供奉一个遥远
明暗间我选择寂暗
冷暖间我选择冷然
为那份期冀
我愿
我愿隐忍

那些不愿的
已在我虔诚之前按捺
按捺到生出愉悦
我用愉悦
做我兑换明天的筹码

2023-11-5

二
辑

想了想

别人是别人
我为何不我

你不是镜子
我却一直找寻折射

云，从不相信湖面轻浮的告白
笑一下，离去得悄然静默

莲，从不甘愿淤泥沉重地拓黑
挣一下，脱颖得纯然轻盈

春与秋只用一片叶子说话
绿了红了一句鲜活

所以，所以……

谁尽管是谁
我只应是我

温哥华枫季

来不及读完田野金句

风放火点燃一首歌

天空挑起热烈的剪影

让眼睛匆促捕捉

难为了这倏然之火

在这一季候没落幕时

重新滚沸生活

多少惊叹来自这骤变

一夜间，街巷摇身名模

以红枫的名誉傲慢的

岂止这几家几户

更是这片土地

允许一片绿而继红的叶子

贴上国名做新说

我收起枫叶国惹我多思的落叶

不知下一季枫思

又会是什么

一颗晚秋之果

最后熟好的这果

来自迟开的花

一样透红，一样甜蜜

一样不甘寂寞地

在枝叶间形色自己

谁都看见了

谁都不屑

看过了铺天盖地的丰腴

这颗追来的独绝

是那样惹眼又那样孤僻

可这饱满的终结，除了风

还有谁能给一个定义

南风没温好的昨日

北风奇遇

这结果

不在莞尔的季节里

期遇

每一个路口都在等待黑夜

寂暗一层层落来

向左向右都灌满模糊

前方也不明白

一日里最无助的时候

相遇不早不晚的情态

人们各自都有黑暗前的安排

奔波安顿着各种应该不应该

日出日落是生活的夹子

不止你我，不止动植物

所有生灵

有谁不在模糊与清晰间周旋

空谷，也一样在揣猜

好谱

风去得那样无声

雨也尽以朦胧

鸟儿从翅膀下啄出几个音符

教晨曦学唱

星宿听不到，晓月憾终

那一腔圆润

感动得一滴滴露珠

在蕊上，在芒尖闪动

不曾起皱的湖，匆匆托起那声色

递给醒来的苇群

苇欲引歌深处

……

相信被这把音浸润的所有

会组出传唱很久很久的

好谱

无抗

我在一间屋子里躲过一场大风

在另一间躲过更剧烈的

可后续的级别或是无法抵御的更凶猛

我怎样造一间抗力无限的小屋

如果真有这样的工匠

请别私藏

一定慷慨荐我

因为，我是风的瞩目

早已被锚定在席卷中枢

更美的

雪花盛开这天

眼里布满飞舞之魅

我来自北国

很知道那娇色

在这里是多么随意地贵

自我抵押爱情后

无意赎回

所以，所以我

不会贪念你手中的草本木本

尽管是那束圣洁玫瑰

还有什么比眼前这绽放

更情更花更悠然，从而

更美

找

未读完的这本书固执地不让合上
面上这页掀过一阵秋凉
看懂看不懂的都在落霞间静待
那双眼睛一目三行

早在夏日就组好了雀跃的词句
快乐从不欠账
少年的山水没故乡
膨胀的欲望早已打入行囊

踏上地平线才知道这世界有多松软
任何一颗乐果都在试探手臂短长
风不停撕毁临行的欢欣协议
暗夜又偷去奋力积下的一丝爽朗

可我就是不哭
满世界又有谁富余快乐
自把哭抛出后即一笔勾销
为了答复用什么才能填满这一生
我果断开了宏大的快乐自制厂

光思

我求灯火也求天光

之间求自己

光明之外的闪烁耀眼而惊魂

光明之内除了黯暗还会有什么？

救赎的光点

哪怕萤火

永远都在点亮

燃是使命

烁是活化

如此，灯与黎明

生生不息

自酿

世间有多少深刻值得深刻

自己那杯才是深刻的浓缩

一生来不及品的滋味

都挂在杯上

杯知深浅

却从不留味

有梦无梦

从黑暗脱落的清晨

让我回放一夜长梦

醒来，看到夜蓄积的光

于是重新爱上夜

枕边的四季味道已陈杂

光的边界无限延长

就算那金灿灿的不是秋稔

画风却大不一样

如果梦想只是背负了期许

无梦漂浮毫无方向

不存在孤独

唯有孤独让我懂得不孤独

当影子都多余的时候

我毫不犹豫地割舍了像样的悲壮

包括自由倜傥

在相逢自己的路上

重新领略各色风光

欲望

多次向无底洞探寻我那些

沉沦的欲望

区别于银币发明前

即滚圆了的朝思暮想

我的贪婪

与银子们无关　但却

逃不出算计的意念

它的大名小名都叫情

真情的情

比银子还真

城市流放者

这一片片一群群的幸运儿

未受碾压而结伴在旷野上翻卷

秋的游戏开始这天

它们假作舞者在这里翩跹

同是不肯做垃圾的城市流放者

远离人烟之前我正式起誓

无声　　无欲　　无念

远远追随那些精通天道的叶子们

在泥土或泥土之外的领地

永生结伴

问题

已暴露无遗

长一句短一句

出卖了心思的缜密

看透的这句从不被认可

藏好的谜底初露端倪

我走出了不再回访的夜

却走不出自己设的局

你问我的是什么

我问你的一样不少不多

没有问的时候不成题

有题的时候不必问

问题有问题的问

有时候，没时候再问

答案更契合

医痛

她用三个指为这场风寒把脉
听清了经络疏塞
一场无法控制的内战已打响
肉体无辜做了前沿

生一场大病，大病一场
思觉秋收
你突然聪明
发现了你那当家疼痛的才能

而疼痛只在疼痛中痊愈
几种痛则几种醒
打扫战场的是
时间见习生

她仍在秋光中眯着眼睛审脉
你早已忘记疗愈过程
世间的病只一种
在救药不可救药间痛生

精选

我没感觉不幸何必为我不安

独行的镜头有你永远看不到的精选

践行这天我不会带上指南

只揣好不再分享的主见

一个懂了不负重的人

所有风光都举得起放得下

心照成册

路在不在脚下不是出发点的选择

走上去才知道哪里是路

我听到了彗星与萤火虫的对话

有趣的是

它们不悲不喜互怼互撞

夜，并不寂寞

歌

"我有千思万忆　你有深情款款"

雨停了

又想起昨夜没编成的歌

后巷有人在唱

神偷曲合

每个音符都长得差不多

拿就拿去吧

音符七个

落在情中的字句

都是同病相怜的解药

一滴雨珠够吞一颗

何况紧随暴雨一场

歌迷不带伞

湿透的还有那块芳草地

现如今好歌越来越好听

一度度提高着情商

你会唱了

爱会跑来开你的锁

田野之秋

秋静静地涂抹出色彩浓烈的画板
每种色泽独显后渐渐融而为一
赭黄布置出熟透的天地
再一次伺机，让这
收敛之色
成为眼下主题

雁阵丢下田野的叹息
夕照在广袤萧瑟的阔域上沉寂
云，越舞越低
天外，正酝酿新的色系

卷秋后的村落格外宁静
黄昏色系里，炊烟填上了
苦辣香甜的几笔
可作画的不看画
但谁都知道，这秋图
来自谁的手迹

薄情怕

很多薄情都来过
抖过怕过是年少时
哭过怨过是多感时
讨不讨明白终明白
在不在乎的都交给烟云

这次薄我们的是妈妈
厚我们一生
薄一次薄得天塌地陷击穿泪河
"我没有妈妈了，妈妈丢下我"
她泣不成声
无论生命的哪一站
我们都悲泪没有妈妈的列车
这世间薄得最薄的薄情
薄得活生生无法再撕扯
竟是妈妈无疑无畏无瑕的厚爱用尽时
留下的这一薄
这是谁的恶！轮流让我们
哀哀回到无止境的怕
深深的薄情怕
怕得无以言说

2022－11－5

迁徙

被认为的孤独并没有来
在很多离开真的离开后
没有拒绝告别
这多么值得庆幸

那日花正红，离夏日不远
惜春的人都忙在深处流连
我的行迹不露声色
停留在末温的温哥华，候逢大雁北归
用我已学会的离开在这里迎接一个
从离开起飞的重新归来

当雁阵呼鸣而至
我确定
这往复迁徙的无奈与快乐
快乐优先

叹息

把一条路赶尽杀绝

走进没有脚迹的穷途

海在一侧，密林在另一边

生活却没有结束

不见炊烟的日子比比皆是

拖长的身影伴着晨风，让暮色

狠狠地追

鸟儿会走

但一定不会收起翅膀

可我那么快就忘记了本能

坐在这里

给风景当风景

等风

等待你的风来
夜的寂暗，昼的苍白
越来越简单
我且坐且立，那风依然遥远

每个人都有自己的季节
花也只在自己的那天开放
吹向我的风
我不以花姿而以翅膀迎接

天边浮来一片云
我的消息悄悄隐现
聚散一一过眼后
在风起飞前，我须梳理羽翼

语冰

躲不去就在冷酷中学会休克

通透绝非脆弱　骤然间

凝固成一首冷静的歌

以沉默为基调

寒了心却绝不堕落

醒来仍是活水

一程程向暖放开响喉

时而铿锵时而柔缓

春，微笑着开始视唱

但它并不知道这歌名

要什么

我走出夏日

站在秋

回望被改了名字的夏

依然绚烂得很天真

冷雨来得有些快

可我并不冷

不想带回沉重的稔熟

只带了来不及绽蕾的蔷薇

继续我的夏　而

秋归你

我只要简单鲜活

还有伊甸园吗？

每一个窗里都是生活

打开会更多

街口碰撞的脚步

都是窗口的债主

南山菊一直香馨未断

谁都知道那些悠然谁都不悠然

边诅咒边喜欢那些窗的越来越多

打开关上都是真理

唯阳光可折旧那些关联词

如果不再柴米油盐

如果能睡醒失眠的眼

沿着从黑暗里长出的清晨

不远处，有一个无窗的伊甸园

悲凉独白

每一个身影都孤独无奈地

从春的深处走来

日子像诗一样不真实

可一个个莞尔完好

嚷着一定要活成诗

如果少了乐极或泪

就会被幸福扣分

总不能把悲情都留给别人

我不过分担多了些

多了些像样的悲剧

可人生最大的悲凉不是曾经读好悲语

而是不肯退出悲情角色

火

火花擦亮火柴小姑娘的夜后
很多梦都来对燃
童话世界就这样开始燃烧
火的故事开始璀璨

璀璨的不止故事
热望　灼愿　光环
样样都赫赫闪烁
一生显得更短

电气日子封锁了火
警报操控它的动静
随处有各种热
火已不热

手里这根潮湿的火柴捏得太久
堆满生命之柴这夜
我比任何时候都犹豫
只因没学会卖火柴

测试

我站在岸上看潮

用我染了咸涩的眼

一个巨浪扑来与悬崖较量

以粉身碎骨的气势溅出无数思想

之后，一些潜底，一些漂泊

一些向太阳蒸发

再回来时却有了更多远见

沙滩上一颗洁白的贝

雕刻着几行诗

其中一句大概这样：

你并不希望看懂我

说了算的

我两手空空的愉悦，可以

捧着馨香，捧着鸟鸣

也捧得起风

还可以更多些

如随机撞行的车票　和

春冬混搭的时日

离去的爱有了墓碑

何必再叩纪念日

放逐的情日日如夏

随意做茧抽丝

看晴看雨不由天说了算时

看咸看淡还要另一个勺子发言吗？

燃烧

不必了，
熊熊烈焰。
就这样隐隐燃着吧，
这块殷殷的炭。

不熄燃的希望永远是希望，
灰烬纪念的是死去的光。
红泥小火炉仍炭火款款，
以那微光弱暖。

从不去凑阳光的灿烂，
而只与夜聊一份灼热。
一个久远后的陌生时日，
它默默讲述时间与辉煌的事。

旧历

你愿这一春是手抄本吗？

雨就快来了

雷声没响

很多的兴奋都已在脸上

现在的消息如闪电

见光谁都往好处想

聪明人多起来

速速扩张撒种日时

春已不在旧历

心已不在老梦彷徨

一张活了的网有太多寻觅

这世界已不够捕捞

春逃出来哭着

一泣一述只想回到原来模样

骑行世界

真想以我的忧虑在你目光里也寻一些

可你那里却明媚得让我更忧虑

还能再怎样回还

我无以举目

阳光的尺度是你丈量大地的唯一必备

除此，两个车轮踩出的风足够你翅膀的能动

这个星球的天空还够你飞吗？

阿里山做了弹板一跃而起时　你背负了

那双美丽眼睛闭合时伏在你哀痛上的梦

生命纷繁不过你的纯粹

你去走你和你们的路了

1341 天

两轮　一人　半球

这世界真的太小

你掷出生命之标那刻

它不敢再长大

怕了你的这一赌不是它愿输

但什么又能抵你一生化千生

时间金钱有标无标的珍贵都堆在那儿

你只抽了掩在腐土中奄奄一息的真经

一无所有时你拥有了全世界

又有多少肝胆敢试一无所有

车轮何止活接地气

卷起的尘，扬起的风

旋转轮回再生

沿着那条无休的行踪

你说，还要 2190 天

或永远

……

此刻　与我目光交错已不是你的

刹那间领略了那个本该熟悉的目语

可我还是忧虑了

忧虑怎样才能找出一个有型的句子

为一个生命王子送行

2022 年 11 月 14 日于温哥华偶遇一位骑行世界的大男孩，
四年两轮一人，行走出另类人生。感动感慨即笔。

2022-11-15

该来该去的

今晨掉队的风推我入夜

还能说什么

不愿入眠满地碎叶

就放过满满黯淡的眼

去捕捉一束独光

正前方

一盏路灯孤独而挺立

说淡了的话有几句很响亮

恰在秋冬时节

比吞掉一整日的呼啸还明确

该来的来，该去的去

足理的话像足光的路灯

明证了多少并步，分道，交错而又

踟蹰不清的行踪

内在的

弯路后如此偶遇

水跌下山涧无悔地涌向低处

看不到高竿的来源　更看不到

湍急亡命的归宿　和

间或的跌宕起伏

一切只能命名为风景

可风景是画的模特

人生的模特又是什么

你看这水像吗?

我知道

我知道，最早的一个谎言
是认真宣布了做舞蹈家的决定
没有欺骗到任何人更没欺骗到自己
我认真原谅了谎言之萌

我知道，十六岁以息语掩好的慌乱
生日到来前已被人戳穿
一张棱角分明的脸起了羞涩
一湖宁静在春中起皱涌涟

我知道，活着就要养一份悲痛跟着活
自外祖父起，不辞而别的队伍不断扩充
活痛的一次次吞噬，我已惨若无骨
告别，是这个世界的基本功

我知道，承诺是世上最轻的物质
比不上一滴露一丝风
而眼泪比以上两者更虚弱
花开用的是自己的真经

我知道，朝阳与夕阳的约定
是一份完整的行走艺术
他们根本不在意身后痕踪
更不顾虑谁丢了记忆功能

一生只是一首诗
诗的深韵是留白
留白处是永恒
当这世界读你时你才完整

千万年，万万年后
相信我的名字仍然叫人类
我知道哪里有我的墓碑
行走艺术的此刻比任何时候都生动

真好
真的好
因为，我知道了
我是个怎样的生命

我行我路

每一条路都有了名字
年年岁岁丛生着长短脚步
新旧重叠虚虚实实
却从没有一本清楚的账目

天涯并不远
只要敢踏上荒芜
那一刻，天空在下雨
泥泞不识痕
明日的太阳是一首颂歌
在一行干枯有型的足迹上唱响

街头一瞥

再轻的生活也要眨眼

满街的陌生脸上

涂满不陌生的表情

沉重浮躁与茫然从来都不过时

活生生的时光素描

一笔笔生动着每一天

什么都越来越紧要

一笔钱算不清一笔情债

一只果辨不出一树的苦涩酸甜

没有了为什么

什么都不为

这样已是最佳答案

三月混同六月如果仍不够

夏色与雪色可以混搭

最慌张是零点后

预测早已下线

活得简单真不简单

活得难却并不难

垂钓

上钩的鱼有理由脱钩

诱饵也是一种生存食品

赴钩的不是贪心就是饥饿

这是活着就无法遏制的两样

躲过钩的阴险不能都归功幸运

如果不是诱饵憨厚，就是

吞饵技高一筹

有愿鱼的，有愿钩的

水最清楚

可从不发声

痕迹

借了蓄意留情的雪

以沉重与轻盈混合笔体写了日记

用一行踏碎雪色的鲁莽

点评洁白的深浅

雪足

够深奥

昨日时分

还有什么能比这里更清楚

时间雪早已纷纷纷纷

一直在纷纷的热烈中未停过

其实，这一生都在这阴晴薄厚中辗转

而无非几步来路或归程

山

海水喂养的儿子终于长大

学会威武，学会傲岸

忘记出生地时忘记母乳

懂了吸吮云和月光

阳光是父爱的

有时果断留下寒雪为其炼骨

之后，再以热拥裹一身绿盔甲

就这样如此粗野放养

海的儿子

乳名叫山

正名究竟是什么

地球知道但从不泄露

三
辑

油画作品　萧纬

深深浅浅

思念是深深的

深深扎入泥土生了根

所有根须日夜无极伸延

……再伸延

这是一个无休的生长

我知道它将孜孜不断

思念是浅浅的

浅浅隐在回眸瞬间

哀伤是那么露骨

疼痛永远那么新鲜

墓碑太轻

镇不住一个安然

我深深浅浅的那些思念

随蒙蒙烟雨

走入

清明这天……

读

我用备好的本语

准备读你的原著

似听到了在场的发声

可匹配好的文字看不懂后还是看不懂

马蹄的踏意很简单

翅膀在天空写下的文字很清晰

可我的捧读

永远沉甸甸地迷乱

总有一些意思不在意思里有意思

总有一些口型不以口型做口型

这本你不停加厚的书

我寻多少注释才明白

日与夜不停再版

拖着那沉潮重浪史册

可真像

委屈后从不发言

市井生活

麻醉，不只是一种人为救赎

也可躲避一场灭活

如果那时正以休克作状

杀生的刀光越过了我

这算不算一种聪明

当然这在麻醉师的哲理外

每天的市井生活，都在

一些些口角一些些怒目中度过

有了一剂麻醉，醒来感恩的是

免去一些些又一些些麻烦

谁都可做自己的麻醉师

只是临床别忘记上岗

不为绝望而失望

或许是一个永远无法到达的那里

我却从不曾放弃匍匐追随

那棵树仍在梦幻里生辉

碧叶永远索魂般葱翠

羞怯与失血都在冬交手

暖光是夜的珍贵

我卑微地与冰冷同行

我为我的勇敢吃惊

任何一个夜都不会泄露光的驻地

残月诱起一个薄透自己的人

把厚爱向无情默许

绝望来袭

希望又不肯离弃

只因，最后一滴灼心的血

认定了那个

那里

2022-12-6

明天再说

明天再说，允许只是说说，
只说说而说。
明天与千年无距离，
一切之后包括明天。

今天经常狂放应允，慷慨放贷，
对着虚空的明天。
可醒与梦都不为明天担保，
每一个夜也不为清晨的所属承诺。
我也不对明天说再说，
只为今夜备好羽翼，
且，绝不向从未不醒的你请教问路。
天下有谁知醒与不醒哪个更醒，或
更快活。

不知名的所有

在那个不知名的竹林

我依偎着其间不知名的几丛

听微风传来一首不知名的小诗

解去了一段不知名的淡忧

这是个不知名的夏日

就这样想起那些不知名的忘记

许多事真的不必挂上招牌

不知名的所有，该亮丽即亮丽

一如这些挺竹没去抢着去做笛

那华音

依然藏在竹节里

过去了的

今天是我，明天是你
之后会有他她它
可我只想知道，之前
是谁留下了目光
为这菩提树，和
陪着菩提的花

过往都从这里去了
是否记住菩提缘
带去空色果
真若如此
世间怎留得住薄情淡漠，和
全品种的欲念
菩提绿了每一双眼
绿色是缘色吗？
风从我瞳孔穿过时
带去我无法看清的答案

见真

黎明正在深入

为太阳的辉煌铺衬

鸟的翅膀又扇动一个新晨

我为那段

用尽真诚而深刻到底的情话

做了字里行间的春

被剪裁的冬青隐下很多绿秘

秘情长不过那把剪刀

多少爱都不够剪

世上薄见泛滥

光，救不完黑夜

白昼补不起沉沦

更无法留一段黎明给多情

辉煌太洒脱

抒情

一些字眼堆在一起会很难看
更别说一些事情
秋再成熟也很难估量冬的残忍
直至把最后一点绿赶尽杀绝
萧条　颓败　凋零霸占了现场
这世界终于清醒

冬里有一首眠歌不锁喉
你唱，人人懂
这是个快时代
词曲都带热流
一个寒夜后花开遍地
悲来不及伤就早已解冻

什么都不值得哭了
什么都接受过背叛的当下
何又在乎多一点
冬早已打了样
日子学会了寒中暖　一切
不慌不忙

随 想

森林

大地女神茂密的头发

风常常过来帮忙梳理发梢

发根留给妈妈

阳光改了几回发色

也改了发型

谁在梳我的发

最后悔的是一不留神

让一朵云飘落

我们躲闪不及只能永远顶起白冠

一树的绿在偷笑

它们以蜕变轮回娱乐

喜马拉雅不玩这小把戏

我们借到一点宽慰

终于有悦可欣　与那

高高的白永恒

森林又开始梳发

我用喜马拉雅找平衡

冬雨后的发现

风没有摘去的憧憬仍挂在枝上
像很多没有祝福的意愿并不肯结束
一场冬雨留给寒枝的瞩目
一如悄落的春露

美永远无法策划
惊艳从来都随意闯入
这一串串一颗颗冰冷的凝珠
让我重新解读每一条荒枝
可以挑起一番番寒一重重冷
也可以挑起冷凝的结晶
更可以在肃杀的酷冬
看一道晓春情境

情境

悠悠湖水独享垂柳与黄鹂对歌
我的欢欣在倒影中完整起来
不知谁更有兴
我知道匆匆赶来的是十里春风

我依旧安安静静
看明媚午阳打捞它的快乐
完美都很匆忙，需要
学会拥有，学会别过

边界

我忍回一滴上千年的泪

不与人说，更不外流

哽咽的记忆实在想不出哭的主题

像走在最前列的小雨不知打动了谁

山，这边忧郁那边青

草也分阴阳喜乐何况花

我站在昼夜边界

想着一些明暗的事

秋留下的故事并不多

稳熟上只一种割舍

回不回头都是一地衰败

泪并不说明什么

较量

不出手的永远是赢家
可手臂喜欢上了蠢蠢欲动
我猜不透伸过来的那一手攥着什么
只知道它们囊括石头、剪刀、布
输时的泪还是童年那滴
赌注还是不在意的在意

自由体诗

生命有很多形状吗？

你说就是。

你选择与鸟儿对应，

以散律应意韵，

组合未来诗集。

你们用各自的翅膀飞翔，

我看见了鸟儿的，

也清晰地看见你生命自带的羽翼，和

从骨子里生出的全方位自由动机，以及

血脉中不安分的狂放滴子。

你本该是鸟，

阴差阳错今天才开始还原。

当一个理由成功为理由，

因果才能看清。

你飞翔不需要翅膀，
心域覆盖了蓝天。
你超越了行走边界，超越鸟。
鸟儿正在仰对你抛去的上阕。

用生命寻遍世界去看更多生命形态，
下阕，应是怎样的。

温哥华场记

雪一场，雨一场

雨雪一场

冷峻与激动闪情翻转

像一场临时婚礼

水哥华吗？

叫我怎再唤你如唤情人

撒不撒娇都温哥华、温哥华地喊叫

天空海水早已应允，和颜悦色的蓝都归你

走进我远方那天

一路在你微笑的森林，细语沙滩，和

永不肯染色的白发山顶下放步

定型我行走的姿态

所有的水都无法使我饱满
所有的风都不能让我干枯
我想忘掉所有诗语
为你找一个绝句含起来

投放的二十三年没赢什么
也没什么输掉
只想，你不变我仍痴
而别动用冷热酷刑验我的钟情

视觉

清楚的都清楚
不清楚时很难再清楚

瞳孔里的光芒会渐渐老去
再苍老的天空也不会失明

可它清楚，浑浊黯淡的眼睛
是怎样判断它的面容

立冬薄雪

本就一首小令

吟着吟着成大曲

又哗啦哗啦对着午阳开唱

在最后谢幕的叶子上假意真情

我索性淋一场赝品雨

与冬交好

因为我口袋里藏着燃情花种

预谋抢占开发一块蓄意寒地

明言明语

轻轻放了几十年在这个旋转大球上
从未扰过旋转梦
对一棵草的不满应多过对我
但仍知我来这趟有多余之嫌

它们取你更多
吸干你海乳甩下露骨的冲积地
拧断山的头颅抛下一地儿子
日与夜都救不了的

我只选了两样
黎明与黄昏
我虔诚供奉二神
其它尽可能不在意

最后，连目光都带走
干干净净留给你继续召唤你的鱼和羊儿
在你念叨这世界谁都只多不少中
远去……

音乐时分

浪花追打已跌出痛苦的浪花

一重悔怨一重浪漫

帆高傲无比，云高傲无比

沉默的浪花以最低的坚强高傲

拆了弦的琴仍然犹唱

海阔天空一刻不停

一刻不停海阔天空

遥相而呼应

所有谱子都载满

七个因子的繁衍

一个靠一个

分离又相依相和

流淌的曲线太美

血脉抽丝

悲与悦都鲜亮

在心海结构不朽

恩泽

很难记住一条大河

刹那间却记住了点滴

不经意或刻意的都是恩

我带着点滴走江湖

不洒不漏合上春雨

湿透我那日

百合般吐着芬芳

我知这馨香很纤细

却仍会

向记住的刹那奔去

微笑足够

这个世上已没有悲哀再留给我
冰冷坎坷的寒路盛开了五月花
丢失的那朵云远路归来
星，用眼睛说话

千年前用过的怨悔恨仇都活着
伤了心的表情就那么多
此后也没什么可更新
一江春水仍在堤内奔波

我多么爱这张日历
最新鲜的时光掀开了它
推我今天为王　并
拥抱人类中的自己

我与今天畅言
明日归你
足够的晴朗
微笑也足够我远去

资 格

风总在不合时宜时来去
一来就把什么都说清楚
我喜欢上风
就像草原喜欢上马

以往是用来奔驰的
回望快马由起点而至
手边的春秋仍够铺路
光，依然在前

这一程深浅不在路上
诗已把所有漏洞填平
一场雪的美化
所有行迹无伤

可以读一下我埋好的诗句
有些如蔷薇，有些如蜂鸟

有些正在荒野流离

失所的是一些失忆

风总在不合时宜时来去

一来就把什么都剜出来

那年风很大

一无所有肯定了结局

任何季候都承认无能为力的东西

风除外

所有共识都在 365 天上签过字

我却不以为然

风暴深处闭合无常

莞尔一笑是真心的

风总在不合时宜时来去

一来就让什么都模糊

一只蝼蚁在我读的史书上辗转
它来自夏商
希冀让一阵风吹落
可它仍在我远古

风总在不合时宜时来去
一来就将什么都裁决

我喜欢了风，可以不在风中
你喜欢了我，可以不知是我
就像我喜欢的你，可以不必有一样
可风喜欢了谁，却无法躲去

性情

世上最不缺少的就是生活

可我一直都没学会

一生的时间都是昨天

我会一直亏欠明天

窗下永远流淌着热闹

每条街都有名有姓地招呼四方

昼夜应酬有声有色的脸

也捡拾无声无息的踟蹰

我的窗口总是看不透

遥远的太远，近目的太庞然

我没有窗下的那些慷慨

只有挑拣不尽的烦恼与不安

看南北

寒风冷酷过的大地

还有什么可啄取

尖硬的嘴上爬满节奏

一嘴一嘴敲响寒鼓

疼痛并不浪费

知更鸟翻食残余

饿腹什么都能收留

像失恋的胃

险情一样便于吞噬

心知道什么是破碎

知更鸟不同

不候暖而冬度戏雪戏风

南国戏翠

那是人家的春

但会相递冷暖

与北方演绎一场完美

原来如此

公元 100 年与公元 1000 年的人

会不会与我们撞顶 2000 年的人一样

为头顶的时点庆幸狂欢

天地呢?

要逢多少骄傲才肯罢休

最久远的诗

飘忽着冷淡与热烈

深刻与简单

黑与白频闪

春与秋呐喊人间

生与死都不算事件

公元是一道点心

蚂蚁食得快乐

闲事都悲

匆忙到来不及死的才幸

原来如此

如此

隐像

空谷山涧的那眼闲泉

藏过雷，藏过雨，藏过闪电

一切都过去了

笑，依然定格

疼痛是它的，隐忍是它的

从容也是它的

从不以理由分辩

安静是唯一理由

从前不是难说

而是从不说

不说就像梦

一梦难求

能把岁月都过成悠闲日子

风和云是常客

四季的款待一一不少

取走精华是有幸的眼睛

谁与你相识都是一个意外

那个寻找无常的

会在你这儿拾到

比原稿更美的几笔

深处

月亮开始精练

波光键先一串忧悒

再几层思幻

海洋

一架资深顶级琴

明里暗里夜夜弄声

闪亮的指

向晨曦来处推送琶音

明知是段毁情的告白还是要送上

午夜悠远

一个失效的和弦渐渐淡出乐章

深渊基底

一时无法再长高的根音

极力扶摇与皎洁交响

黑暗的华彩是夜的版权

可我，一生能守得住多少不眠夜

成功寂寞

把规定好的节日关在门外
热闹在门内发生
一对石头翅膀正学飞翔
米开朗基罗的打磨从未停顿
越久越无瑕
用他那时光精刀

我绝无刀功
却要把寂寞打磨成艺术
时间永远不够孤独使用
热闹合欢时
寂寞正痛
一道道光，做了天使手中的箭
秒射沉寂
翅膀的意思，是想看
黎明与黄昏怎样成为艺术品

活见

还有什么没品过

醉过欢过哀过沮丧过

还要怎样再试悲喜

才算结果

谁的一生都不够用

何以借来添欲消愁

我的结余还足够做一支桨

最后还是决定走水路

以渔夫的见识去看风平浪静或

浪遏飞舟

四

辑

起色

在你油彩未干的画板上

一袭光藏在粼粼起伏中等待

隔夜的思绪，让那刮刀

重新涂抹

潮，在岸边隐退

沙，涌成大漠

一样起了金光

一样有了独卓

沧海桑田俨然如此

何又为几笔不堪困惑

潮起潮落不都是水的杰作

夕阳下的灵动

在笔下生辉

那最后一抹

在心头

起了

色

重逢

记忆又在做时光精算师

碎银也贵

背上的星光越来越重

手中的头寸不够买路

转弯处

遇到黎明

还是那个身影

丢失的熟悉一一找回

梦最难醒的部分是怕醒

醒来又有什么要怕

我从梦里来

不再回去

还是那个温度

逢春的步履一一作响

寂夜无雪

飘落的是青春的沉淀

三十年足够惠泽一部杰作

我看到那成熟的目光正闪动着秋

——与一位小友重逢，感慨时光，感慨世事。

2023-2-3

起点终点

月追着日

无论走黄道赤道

西尽是家

尽管东是神圣的出发

可谁不回家呢

也尽管我要承受西晒西挟

与日月同路是我回家的骄傲

我来自东方

一路带着日月起点的光华

交接

时间在窗上作画

无师自通自顾自调色

应接不暇的那一版版

春、冬、秋、夏

眼睛只能是奴隶

恭维画师的奴隶

真正的艺术不需要复兴

尘埃艺术最精致

生长出七色斑斓

天空与大地合盟作秀

看懂看不懂这画幅

都在眼睛里

小相思

总以为你走了

却占有得那样出其不意　且

无形无矩

我以为的只我以为

不以为的仍在为

总以为你来了

却失落得那样完整

肌肤的幽微

一寸都没放过

依然检点不出任何痕迹

风是一种物质

可让山谷，原野，海洋，四季和心

做主语，之后任由力道和美去评述

我只想问

风，你是谁

租赁人生

像主人一样推开窗
收拢一袭景
日落像日出
同色金红
日子面前谁不是租客呵
还完昨天，等待还今天
可这世界谁又不主？
主了梦，醒在另一梦
日落像日出
同色金红
总有一个黄昏看不到日落
浊目知夕事
纷纷大雪在作画
稚眼正迷蒙
日落像日出
同色金红

唱醒

常喜欢去撩一身寒

刺骨的清醒有点痛

炉火更显温柔

烁烁火光重又暖透

心底泛起了感恩

冰点热点起了诗

麻木的季节很长

天空习惯了候鸟翅膀

雪色提示

热烈是一种燃烧

包括没有日期的心绪

都在二月打上符号

我们举起莫名的酒杯

试探醉路

一如凛冽寒风标出死亡温度

咄咄挑问僵指

太阳，正拉开一个新调式

让我有幸随唱一个醒

边缘

冬没有犹豫的时间

抬眼见春

熟悉的陌生仍陌生

陌生的熟悉足熟悉

冰的边缘水了

昨今同梦

往事总是突如

来不及忘记

那天没有边缘

藏不住个不堪何况忧怨

界碑是给人看的

自己永远留不下防线

都没有犹豫的时间了

抬眼见真

只有虚光可以镶嵌

镶嵌虚光

期待

梦在一个清晨被洗白

时间有多狠

但终于没了过去和你

窗前，明天正潜身组装一对翅膀

天空究竟是谁的？

一只白鸥划开了湛蓝

世界简单了

所有的记录都在翱翔

情愫一丝

平静如璃的湖面

不脆弱却柔软

我扔进了心，饱蘸蓝绿

情如春，可以不花

比花更诱的是那静谧的涟漪

洒脱而优雅

眼眸托起的悸动

来自燥热深处

心

独色春满

情绪识别

哽咽的记忆实在想不出是否要哭

可哭已哭得妩媚

像最先行的雨滴

极易打动人

许多难过往往无由

有时只因天空愁了绪

低落是有传染期的

我徘徊在昨日持续的灰色地带

期盼一袭暴雨

还我一场淋漓

学不会的

我用尽真情去生活

可生活不似秋

报春以恩

不计后果

所有热情已疲惫

所有用情已麻木

我农夫样的眼神落在稔熟上

但始终没学会潜在泥土中矜持

别那么明白

给这个世界留下余地吧

为了还没枯尽的所有

为了我的绝望不再继续

也为那点幸而的稚幼

可以再相信一回笑容

哪怕像那颗余地里的种子

暖中，有一份复语

来自生息

春晨映

阴沉做了这一时节的底色
描摹不出那张灿烂的笑脸
打湿的翅膀扇动着不倦的期冀
沿着一个低调的序言

雨的故乡
春是获季
五月将收割稔熟的绚烂
这一年正匆匆翻新画面

那些低回的阴霾配料
让天空留下几笔浓重
让晴好不那么单纯
风，正这样写续篇

中秋前奏

时间一次次擦亮那个最圆时刻
那夜，是一曲短歌
奏不尽的千古悠音
重重叠叠寻寻觅觅回旋韵仄

世间说不明白的一直在说
说明白了又不算什么
直至说出了代表
成功代表一份朦胧

好吧
我也准备再次举眸
以月前那份思起思落　　寻
月后的你我

2022-9-6

期期

我用最悄然的语气

问你

你用最慵懒的眼神

复我

一切都尚早

却来不及抽出思绪

都在等待一声督令

响喉已张开

整个疆域都匍匐在今晨

任布谷开始筹划

2023-2-27

天地知多少

想来就来的鹅毛大雪

总这样无由无序

被压下来的天空

只能这样跟随眼前游戏

我们却看着看着就要究其

大小疏密来去

我想一痴到底

天地间，知不知都是

春后有秋，雪后有雨

木与纸

叶子的绿与黄与蒂落与漂泊
都已见过，最后留下
颓枝与干与根与本木
在寒冬里藏匿

时间的刻度每个都不朽
无法将命运一一盘点
心思落在一页薄纸上
人间的华丽与喧嚣
认真在木之本上倾洒
我站在暮秋的树下
显得如此憔悴而不安
那树，却依然它的挺拔
与风与雨与阳光与时间
……

过眼的

雪霁，星斗出齐

一昼纷纷之怨消尽

西边余下一线红晕

牵着未尽事宜

读懂一幅画面要重复多少如此黄昏

不尽如人意的是总有扫兴清晨

春寒是冷腕大手笔

潇洒挥毫新作

行走的人来去过眼

心头满满揣测……

该想到的

一棵果树的快乐不因多么丰硕

而是那蓬蓬再生

一弯泓的快乐不因多么幽静

而是那久久不涸

一张纸的快乐不是它有多么纯白

而是它拥有了字迹画痕的另一生

一缕风的快乐不是它能撩过多远

而是你去不到的它去过

人这一生的快乐是否可以这样

用很多很多不快煮熟快乐

记事板

连思想都标了价的时候
还有什么不能插标签
思想不便宜
可惜停产
时间累了
停产的一个接一个
包括雨和清风
包括萤火虫
也包括寂静

夏梦
不再闪烁
夜是星月躲去的颜色
晨是光斑叠杂的混合
从前去了哪里
谁开走了末班车
留下的这堆空白站名
怎样明示远近上落
整一个四季都不再思索
何况
这该昏睡的时刻

独韵

抚我眼的娇卉悦我很久很久后

我的目光

停留在灿阳背阴的那株旺植

不委屈的稚绿犹如一首诗

吟不吟自出韵

还有多少异彩博我神采

我更愿从陈腐中捕捉新鲜

世上本就这么多惹眼

该花的花了，该艳的艳

流年仍似火

我不燃情

只抵默在稚韵中

愿能读懂

远方

我正在远方

为童年兑现

兑现遥不可及的遥远

昨天穿透明天

今天是多么尴尬

远方

正沉默

山总是高过我及其他

低矮的另有名字

我们并不去俯视

不去傲临

令我们景仰的只有高耸

万年毅然成志

被削砍过的头颅在风中

无论风前风后风左风右

石魄不屑任何盗名

我携回望寻觅

那个我名字起始地已是远方

我把它舍弃

现又哄它收留

它决绝不允

一部爱恨交集

我只能对我的抛弃负责

我留下的远方　　对我

不再认可

独绝

往事不多，只一个昨日

一寸都留不住

现事不少，只一个今日

哪件都免不去

时间早晚会被戳穿

不今不昨那天

无法供奉

有案，不伺残香

一生的来去都由他人记录

中间这喜怒哀乐干吗要抄袭

活就活个独绝命模

此不枉生

世事

谁不是

一大碗一大碗狂干江湖

你端你的，我端我的

碗上端倪

各有各的瓷

有胆摔碗的看透了水

我们仍小心翼翼

呛噎都不肯撒嘴

江湖不浅

人口更深

日记

每一天迟到的都是夜晚

星星向月亮请小假

梦从不缺席

流水记录了全部细节

交代给生生不息的四季

以最古老与最新鲜双注今日标题

纯碎

或者喋喋叙说　或者

殷殷沉默

我的天空依然没有表情

风，依然弗弗不停

以往与未知较量太久

最难的是，被催熟的

是一颗怎样的果

许多话

说正沉默

沉默正说

天空只有鸟时

语言正多余

祸思

一场战争来临

我躲进幽窗投望

急雨不让惊雷

骤然敲出许多新花样

有不嫌事大的

闪电挟着风来踢场子

这世界不剩几分安宁

一阵战栗后诚恐庆幸

窗外不是一场人工纷乱

来去

流过来的水是为了流过去

不动声色，不留痕迹

奔波是唯一

我疲惫的足拖着尘迹

从来处来，向去处去

匆匆无主题

宇宙是有姿态的

哭只为哭，笑只为笑

自娱自意

惜梦

夜吸足了时空的染色体

代为浓重

让白昼清白

让星月荣耀

让我有了足够的放纵

疯狂驰骋梦的猎场

捕捉我一生的奢物

尽管光天化日拖着满满苍白反扑

我仍贪婪夜

夜夜入梦

恳请书

匆匆理合了一个狭缝

让二十世纪与二十一世纪合拢

要为我们的杰作而狂欢

也为坠落狭缝的人扼腕

……那不幸

我们没坠落

幸而没坠落

上帝没让我们坠落

坠落就不是我们

……那万幸

我们以正持有的生命邀功

去领取组合两百年的荣耀

看在我们改变了时间标注的份上

可否由此豁免曾经虐世的不肖

……那上帝

滋味

一场甜蜜在唇边散去

一场灾难也在此刻幸免

三月的故事总是那么浓厚

稠密得让人凝重

在那条小路上遇见落拓的秋果

开过花的样子是如此的

比花结实，比蕾失意

做一颗果实是多么不容易

泛出的滋味却经常蜕变

所有都是舌的善说

有一些是姑息软语

也有麻木后的味觉堕落

夏印

记忆没有时节

时而葱翠，时而樱红

时而混成万花筒

记忆从不怜悯回忆

回忆常用感觉让记忆委屈

最后让这个世界烙印上什么？

春远去后

一切柔软

世界开始附庸变奏

所有的音

各色散开……

散开……

旧愿

一寸寸的孤独

把时间水分一寸寸挤干

思绪很纯粹

新鲜里透着从容

窗外的寂暗如此清晰

三月暖雨，海棠起了新梦

欲静的枝丫竭力推却着风

梦是易碎的

红绿情结

已在此刻涌动

我想懂这一袭幽梦的起因

听雨

还是那段旧律……

梦场一

打开门窗

把囚在黑暗中的灵魂放了出去

昨夜在这里发生的一切就这样了结

我不甘地不甘后，又为不甘开始慌张

惺忪的眼开始鼓胀

三分留恋，七分惋惜

点数着那些有言有语

有动有静

所有的实证都在手

可除了鬼，无处交付

悖逆的清晨我讨不到任何感应

无论如何我都不信

那么多真切的制作不属人间

那要人间入夜做什么？

而谁，又能做这千万年之夜的

废品收购商

梦场二

白昼太浅

遮不住夜的深刻

可明晃晃的一切

却认真喜怒哀乐

满世界都是生活

春秋从不改变神色

枯朽的只是望向它的眼

带着最后的困惑或解脱

走入夜赋予的宽阔

美梦噩梦都一梦自醒

天地不老

我那点冤屈早已轮回

我认深刻的一切为真

一日安然　　又

活泛一日

之气

火苗总是不动声色

以优雅的姿态

舞动头顶的钢筋铁骨

很快，不可一世的怒气蒸蒸喷发

这大声大气无法克制

锅生来就要遵循蒸煮法则

我不是锅吗？

可能你不是

但我很早就发现了怒源线索

火苗总是不动声色

以优雅的姿态

……

认定

让一抹暮霞均匀涂在额上

完成我盛会浓妆

遮我汗颜，掩我羞涩

也覆盖了朝思余下的苦辙

深情不是一场公演

黄昏却是一首必秀的歌

落樱让心思更缠绵

花雨点痛思绪绽开了另一朵

馨香是逢迎的邀约

寂夜的味道不再如墨

我曾蹚着那条斑斓的河

蹚过虽不再单纯但永不褪色

然后

挡不住的生涯

源自粒粒饱情的种子

夜，抻长了一个蓬勃的梦

安恬悠然如入三月水乡

再顽固再矫情的孽种

无不倾倒那片温情滋养

何况柔水，何况阳光

心呵，早已蓄满无限绽放

雨滴

知道水里有许多珍贵

但还是想看到水以外那些

自从相信雨不是水

总算凑成了一个宽慰

看到了不会说走就走说跑即跑

不会被吞噬，卷入，合涌的一种纯粹

于是，有机会在枝上叶间

做一个看不见的心思

让一朵花开，让一只果甜

让一副春秋完满

可敲打过我头顶的雨滴做了些什么呢？

我相信，那些早已润入的

不必水名的雨滴

在一个最干涸的时刻

比水更有水意

五

辑

油画作品　萧纬

冬青

你随意结了果
入我满眼惊愕
连同那片不老的青翠　和
与青翠俱来的苦说
足以令我倾情
尽管这是个迟到的傍晚
我要赶在日落前做一番疗愈

摘了串葱眼，乖巧，温润的红果粒
顿觉惊艳摄心
揉一把那无休的绿衷之叶
苦进骨子里也要等到那个懂
究竟是怎样以生命
命名生命
苦透彻，一味袭来
世间的痛无药可医时
苦口即良味
风可以改道
冬青永远冬青

2022-11-12

心思

风一吹，那些往事就哗哗作响
回来的路上，丁香拥挤着丁香
可还有什么能比孤独长得更疯狂
你扔下的春日富余太多芬芳
我策马丈量
孤途越拉越长

湖水洗干净月亮
你教会我读幽光
可那些无法再续存的私语
读旧了，读碎了
寄去哪里，哪里去寄
你的属地已莽苍
我无法带着这一生的馨债离去
只因，我要去的那里更荒凉

柔软

晨启

迎面而来的都优雅起来

柔软的云，柔软的风

正抚柔那本已浅淡的晴空

阳光，也以低调奢华进入情境

温馨的更温馨

娇嗔的更娇嗔

花儿如期柔软了落魄失魂

连同那片稚嫩也绒绒着视线

天下温情在草尖游吟

这是个软化世间的时节

铮骨从不与此刻较量

所有的心都应允

四月，动容是唯一的真

我凭临这柔软

呆坐如一尊朽雕

凝结的往事件件不落

在这柔软的天地间

竟如此如此地僵硬

四月无闲风

轻过一袭风

与晨曦悄然落来

紫气升腾时

你碎了梦

纷纷，纷纷

成雨成泥

妩媚的仍在枝上

梦碎的，开始疼痛

都不葬花

镜头满世界拾落樱

凄美不知哪是茔

四月无闲风

解密

白昼脱下鲜亮的时装

即将穿越一片黑暗

所有的使命已压缩成密符

如此瞒天过海

在时间中

穿梭了万千年

这世界醒睡着每一天

包括痴梦痴幻

包括往复辗转　和

突如闯来的我

都跟着白昼穿越

不前不后不早不晚

可谁又不是如此尾随白昼明晃晃地活着

如此，让白昼日日参透那点小心思

无非是盗用这光亮

无非是赖以这明清

为凋亡

完成一个绽放

四月时

蜡梅笑过

桃花羞过

梨花哀婉过

这个世界从不肯安静

不知多少表情

才够一个人生

我不在四月忧愁

这是一个积蓄新潮的时日

花间无它意

草上有自衷

千古长吟

光阴短叙

一个拦不住的情愫

就这样穿过烟雨走一方……

再走一方

……

无偿的

夜晚替清晨还债

中间的利益我一次次窃取

但这整盘本息

终由我一笔还清

其实，我是债主、贷奴、掮客

可无论哪个角色都躲不过时间勒索

我不再替夜喊冤

比它更无辜的是我来去的献演

以这一生的无偿

青春问

梦从不轻易别去
于是，我只有期待一切成真

那时，巅峰的诱惑并不虚空
峡谷挤满青春
海很远很远
阳光很近很近
你面前
很多很多人

那时，曾有一片云
浮游着我的天问
这世界究竟多大
是否装得下一颗心

风，无声无息地来了
动摇的先就是昨日
我在一处高地山石前
触摸着，许多个
谁磨滑的如今
可那时
谁有答案

匆匆一生

没能赶上璀璨

只与夜一起到来

以响亮的啼哭做呐喊

告别了黑暗

此后，在一张张向晨曦借来的白纸上疾书

尽可能完美完整地修饰每一句每一行

可这一生的提笔仓促而缭乱

唯看灿阳潇洒地写出一地金黄

南瓜花语

午阳摊开一片宁静暴晒

南瓜藤慵懒地拖出一串谎

以花的形式暗示一个个饱满的遥想

花儿羞得拢紧衣裳

夏风一直很忙

匆匆鼓吹起一朵朵金黄

可只有该知道的知道

那瓜，在不在藤上

落寞时

什么都用旧的时候你就来了

暖我的一切从头开始

鹅黄或一点点绿又带上惊喜

丢掉的忘掉的谁都不再记起

远天拉开序幕时

湿漉漉的，你开始说

那些别过，已细碎成淡雨纷纷

许多滋味都萌动在不久的五颜六色

虽僵硬的幽梦继续

仍继续⋯⋯

可不顾一切的春

早已悄悄潜来

一处裂伤

踏进细雨濛濛

那湿漉漉的眼神团围着我

干透的记忆噼啪作响

那个随便的夏日

在藏不住的绿叶间泛滥

……

等待花开的日子无辜地漫长

何况一缕散去又聚合的芬芳

花期是邀约的吗？

一个蒂痕上鼓胀的新蕾傲视着我

我仍然不懂

像不懂那湿漉漉的眼神一样

雨停了

我放出一个个呼喊

水滴以慢镜头回应

溅痛我不知何时留下的一处裂伤

2023 年春事

这是新世纪应允的第 23 个春天

美丽的数字早早入了花田

迎娶了醒魂的娇娘

在这依然陈腐的土地上

此后，她们的家事越来越迷离

常爆隔夜的惊艳炸场

清洗过的时间高傲起来

粗筛精选

把一些不喜欢的颜色

匆匆转交流云闲风

这一春，比任何预期都热烈

世间花事还要怎样纷繁

人类丢失了所有新闻

惊诧的回应只一种

这花花世界谁说了都不算

阴沉

我盯着本来之处那处

消息全无

越来越厚的凝重

压得天穹颤抖弯垂

温哥华不假思索地借出太阳 11 日

整个城市忘记时节

在混沌中盘点雨歌

足够的灰调子

让那些满弦奏鸣放纵

所有的情绪都被洗旧

还有什么可以压榨的

那本来之处

仍然一片忧郁

太多没有出处的悲情正泛滥

给一点颜色吧

哪怕只一点红晕

也让我想起

世间还有可医的忧郁症

雪花

你在风中开成花

匆匆向我飞来

我伸出炙热的双手

热烈了一场空

于是，在心扉垦一块处女地做花农

你的花色我已看清

所有的缤纷都藏进圣洁的晶莹

于是，我在风中驻足

把那块心田深深打湿

再把姹紫嫣红

小心栽种

幽 曲

瞬间起皱的一池春水

推醒新柳垂下的梦

风走了

晨曦重新安排一个情境

昨夜留下的引子

在曦光中继续

一段响亮的旋律刚好路过

让这一晨信手捕捉

江南不再小唱

浔阳琵琶不浔阳

可我想听的那段

一直寂寞在无人问津的弦上

佐语

（一）

外面的风很急很急

打开门，才知道我去的方向不顺不逆

（二）

雨了一季

雪了一季

雨雪都不成气候时

太阳花怒放万里

（三）

坚强是柔软的硬核

柔软是坚强的肌理

（四）

来自黑暗的光明

从不恐惧回到黑暗

一代代

玩具终于做好了

我长大了，伙伴离散了

时光仍然固执在那里

不折不扣，不愠不急

静静等待另一场

它想看的游戏

结果

快乐成熟得那样迅速
痛苦却永远不懂成熟
即使会结果
也不曾记住初初那些苦涩

有些秋是用来收获的
有些，只是风的素描
时间往复着深浅线条
却始终不留成色

这个世界本就不完整
为什么一定要个无缺的杰作

活得认真

最热烈的生活是在孤清中任自己繁荣

该开的花开着，该熟的果熟了

每一道眉眼都兴高采烈地

对眨着阴与晴

夕阳煮好了酒只道杯浅

我再次举起，点滴不漏

窗风枉费了许多繁复节奏

我的弦，一条比一条柔韧

正以好旋律恭敬邀约

清清楚楚的昼与夜

远远近近的春与秋

地道狠话

旧疤新伤上生了株幼芽时
我为这新的际遇后怕
狂烈的翻卷未能风干泪
咸涩的痕已开始分化
总说老情故爱与山海同期
不说的却是一句地道狠话
人类的忘性比动物的强大
月光在石上碰不碎
那萌色很会发芽

清醒

心思又开始溢出时

秋水就汩汩流淌

那池快快残荷

谁还问起当初颜色

养出纯情皎朵的苦根不入药

却一季季疗愈空浮的寂寞

那些夜晚

一直隐着莲说

一直是洁净的那几句

已足够浊水羞羞

这一刻，凄冷把殇影做成了精品

来来去去的

何又不识这千秋

飞流

你来了就气势磅礴

我走了怎样都带不起一丝风

那就在现场

看你怎样将柔软摔打出刀锋

在石上试刃，顺便把风劈开

以白色血浆悬挂起誓言

让这世界看看怎样才是

率真、湍急和

吼

都想要你的样子

都想飞奔后想停就停

想走就走

却不想知道

那藏在高寒处的秘密与悲喜

只向这山涧扔一句独白

你来了就气势磅礴

我走了怎样都带不起·丝风

大雪纷飞的清晨

只有你才能让这个世界更颜
不动声色且不让人为难
夜助阵了看不见的心思
地覆于苍白，苍苍白在
一夜间
纷纷是真纷纷地飘落
飘落的是
真的雪

纷纷的还有寂寥的碎愁
与纷纷落在麦田的真雪一样
永远有一个安然债主
欠无止，更期无休
可哪一欠又不是阔绰的
包括直面冷漠无情

天地间这么多样绝术

哪一样能这么潇洒

勒住时间让它承诺

今天必须统一清白

这是我想了一万遍的谋略

让那些杂秽腐朽烂污彻底不见

包括欺瞒

包括谎言

迟早

黑暗与光明操持着同一片天空

翻来覆去各写各的诗

大地读出了黑白格律

音韵是星月与太阳

生命朗读着每一天

死亡是活着的理由

天空可以炫耀永恒

生命永远难以古老

种子的理想是回到起源那天

那么，我做种子

寻一条缘路

去相遇祖先

眼光

日子也就几把灰烬
我不能佯作不知
匆匆撕下一张张苍白的时光投焚
又在梦里，看急火寸光

我捏住最滑的那几页不再撒手
让它在风中扑闪成翅膀
就此越过苦海边界
彼岸，夕晖正涅槃凤凰

贪生

叶子一片一片长齐，翠绿。

几朵云匆匆赞来赞去，

风，有声有色地把叶子夸得尽兴摇曳。

树的期冀完整了吗？

在这接近满欲的日子，

我却想起秋让枝干的丢失。

那些个拾不起，

正是树的半个世界。

明知我正走在失落的预备期，

疯狂的贪生却比树的欲望更强烈。

心音

花一开
世界就开始鲜活
五月以多调式
铺天盖地涌成歌

我等待的那个旋律
并不多缤纷
天籁
只在寂寞的尽头飘落

慰藉

我悲喜在养我一生的字里行间
许多痛了我的我一直保留
许多欢了我的
我却生疏

冷月光阴不变
却惹上思绪万千
你筹热语绵绵
那字句却已汩汩泊远

我终于学会
冷梳激越，热理悲情
世上的事好像好了一点
又一点……

后来的阳光

披起一片后来的阳光

比风雨前的更温煦

比隔日久违的更豪爽

我如浪子倾情回乡

风尘学会飞扬

路，越赶越长

我以完整的眼神

捡拾起残缺的金黄

每一天都从沉默深处开始绽放

一秒秒绽成璀璨模样

我亦不再卑微

尽管我正在时光中拓荒

铁线莲

这从未谋面的铁线莲

在我感念中已有了紫红的记忆

你在这里盛开

我一定要来

看 29 年时光印迹上开满的花

在这满园温馨中嗅芬芳

我将守望这里所有的美丽

我知道，留恋与思念都在这里

——给一对卖房老夫妇的留言

2023-5-11

夜读

俳不完的俳句

经不完的经典

来一趟人间真不枉

学会了穿行嘈杂纷乱的中堂

在荒隅，做了你和你们欢界的蹭客

梅与菊的馨香浸透了日月

如斯长水泊来碎瓣　一片片

落进我昨日梦乡

今夜又会香了哪一寸？

我整理出一些空白

静静翘望

花开 花不开

一场场的不重要都随意错过
重要的是仍不觉有悔
樊篱下的花又开了
湿润的泥上生出春想好的颜色

世上的美丽都很忙
清纯不久都一一有了着落
南风吹过，纷繁不我
一路都芬芳了
可篱下
遗风仍去吹
那株犹豫的未花

光明行

门犹豫起来什么都挡不住
哪怕一缕浅绿寒凉的风
草原的思维刚刚染色
二月愿做犹豫的门

冷过暖过，晴过雨过
一年就这么多
爱过恨过，哭过笑过
一生就这么多

天堂只一扇门
永远不犹豫
不犹豫地挡住许多
许多它的不爱

我要回到草原
与羔羊一起
无论门在做什么
我们都将在拂晓前赶到

夙愿

麦子老了，每一声叹息都是金色的
风无定所，消息总飘忽着生死
谁有麦苗起得早呢？
春不小心让出了二月绿色头条
快乐是什么都挡不住的
来了就滋滋作响
田野成全了一场色变梦幻
梦醒，不问昨日忧欢
麦子他就是要热闹地急火火地成熟
尽头，终要得一生的那个灿灿

瀑

逃出酷寒那一刻

就算亡命也无往奔流

自高处，低处

边缘，狭缝

只一个，走！

以谁都无法围堵的箭步

让时间追吼

湍急什么啊

什么是活生生的尽头

你飞溅起逗号之逗号，以逗号

甩下一首让山崖读不完的长诗

而最后那句只献给永恒

枯死于泥的

仍是不息的自由

大全

不再记得丢失就真没丢失什么了

麻木的手垂下来

滑落苦得与悔憾

包括山水风雨和一朵盛开的花

不再丢失时

快乐大全了

低下头，看见

整个世界都在怀中

2023-5-7

后　记

为什么写诗，为什么爱诗，这是个永远没有答案的惑问。

爱就爱了，写就写了，像无端的风，想来就来。像天边的云，想去就去。一个人总不会无由穿过这个世界，不会无缘掠过一生，我来这个世界是要干什么呢？与诗歌碰撞算一个缘由吗？没有答案就是答案。因为，我一直在这个无答之问中享受着满足感十足的与世时光，我肯把活生生的时限给予诗歌，所以我明确此间有爱，所以我认真此生之索，诗歌一直在我的灵魂里灵动并左右着我，我明白，我该属于诗歌，由此庆幸并快乐地感恩相遇诗歌。

一个人 open（打开）自己的时候才能看清楚你到底要什么，我经历了音乐，那是个没有边界的情撒，无限扩张的触觉把与这个世界的相遇变得虚无缥缈，沉醉其中时，一切真实到来。我经历了诗歌，这是个没有底线的情网，世间的一切及所有都在瞬间成为我的"情人"，那些深深浅浅的述说，随心所欲无不由衷，沉湎其中，所有梦境成真。

我庆幸此生有音乐与诗歌陪伴，还需苛求什么？人生短暂，短到不及举目探落，时光已开始了终极招摇。人生漫长，长到恍惚迷惘中，梦寐件件经久无期。

这一生，所有经历都在音诗中变得美好起来，哪怕孤寂，哪怕悲切，这还不够吗？诗歌是生活的赋格，那些刻意无意的主旋律，都在每一个诗句中闪光，更多的美感，更多的激动，更多的触觉都让人对这个世界更加迷恋，一个立体的细腻的世界就这样在诗歌中呈现，所以我愿付出手中的人生成本余额，让生命在这样的生活里栩栩如生地完成人生终章。

生活是一首最完美的诗，写不完但必须写下去，无论拙笔愚笔，只要肯动手，一切皆美，逢着春夏秋冬，与生活一起求美是我的认真。诗歌的级别由天分定夺，音乐与绘画也一样。但热爱是没有级别的，我永远站在热爱的制高点。美是热情的发现，但要用这个世界给予的热情去热情对待这个世界并不是一件简单的事，许多时候我会迷惘，我会不安，我会沮丧，但我会时时提醒自己要用诗歌蓄热，用诗歌的热情在生活中淘美淘爱，让自己在美中循环，直至那个美的永远……

在诗集四《冬青》出版之际，一如既往地与各位编辑老师愉快合作，由此我深深感谢北京燕山出版社，更深深感谢我的亲友团的激励与关爱，并要特别致谢戏剧评论家李龙吟先生为我作序励我，我亦会不断丰富自己，不停找寻发现这个世界属于我的诗歌。

2024-3-1
于北京

图书在版编目（CIP）数据

冬青诗歌集 / 萧纬著 . -- 北京 : 北京燕山出版社，
2024.4
ISBN 978-7-5402-7266-1

Ⅰ . ①冬… Ⅱ . ①萧… Ⅲ . ①诗集—中国—当代
Ⅳ . ① I227

中国国家版本馆 CIP 数据核字 (2024) 第 079728 号

冬青诗歌集

作　　者：萧　纬

责任编辑：赵　琼

出版发行：北京燕山出版社有限公司

社　　址：北京市西城区椿树街道琉璃厂西街 20 号

邮　　编：100052

电话传真：86-10-65240430（总编室）

印　　刷：北京科信印刷有限公司

开　　本：787mm×1092mm　　1/32

字　　数：103 千字

印　　张：7.25

版　　次：2024 年 4 月第 1 版

印　　次：2024 年 4 月第 1 次印刷

书　　号：ISBN 978-7-5402-7266-1

定　　价：38.00 元